很久很久以前……

大 家 來 過 河

獻給2017年備受期待的小雞們。

Clémence P.

很久很久以前……

大 家 來 過 河

維若妮卡‧馬賽諾／文

克蕾夢絲‧波列／圖

王卉文／譯

三民書局

有一天，在叢林裡，
一頭大象正要過河，這時
一對身上布滿花紋的老虎情侶，
出現在牠身後……

「美麗的大象，等等！
我們想到對岸，但又不想弄溼毛皮，
你是否願意背我們過河？」

大象聳聳肩：「當然！對我這樣強壯
的動物來說，載一隻老虎、兩隻
老虎，只是件小事而已。
上來吧！」

「美麗的大象，謝謝你！」
老虎情侶坐上了牠們的新坐騎。

這時三隻猴子出現在牠們身後⋯⋯

「等等我們，等等我們！
我們想過河想了好多天，
但一直找不到夠長的樹枝。
你們能載我們一程嗎？」

兩隻老虎聳聳肩：「那有什麼問題。
對我們這樣高大的動物來說，
背一隻猴子、兩隻猴子、
三隻猴子，根本沒什麼。
上來吧！」

「謝謝！謝謝！」
猴子們很快的爬到了老虎身上。

這時狐獴一家人來了⋯⋯

「打擾了，
請問你們還有點空位嗎？
我們好想要到對岸度假喔！」

猴子甚至連鬼臉都沒做就同意了：
「樂意之至，你們的孩子這麼輕！
更何況現在的確到了旅遊時節呢！」

大家才剛坐穩，
一條年輕的眼鏡蛇出現了⋯⋯

接著是一隻翅膀受傷的鸚鵡。

當大家終於準備好，
大象就要出發了。

「前進囉！」大象揚起象鼻宣布
啟程，像一艘即將離岸的郵輪。

就在這時候，
一隻小小（真的很小）的蜘蛛，
輕輕（真的很輕）的從一棵樹上
落到鸚鵡的頭上……

突然，
大象感覺自己的四肢開始發抖。
牠試著保持平衡，但這支由牠、
一對老虎情侶、
三隻猴子、
狐獴一家、
年輕的眼鏡蛇、
受傷的鸚鵡和
一隻小小（真的很小）的蜘蛛等乘客
組成的奇怪隊伍卻開始傾斜……

越來越斜，
越來越斜，
接著⋯⋯
乒哩乓啷！

小蜘蛛被這麼一甩，
絲毫沒有弄溼的落到了對岸。

牠還拋出牠的蜘蛛絲吊起了鸚鵡，
而鸚鵡則抓到了眼鏡蛇，
眼鏡蛇救了狐獴們，
狐獴們則幫了三隻猴子一把，
猴子們接到了兩隻老虎，
最後輪到大象……
大象被這突如其來的意外嚇呆了！

然而，當牠上岸時，
牠驚喜的發現所有乘客
都在為牠鼓掌，
並齊聲道謝：

「太棒了！萬歲！
多虧有你，我們通通
順利過了河！
謝謝你的慷慨！
噢耶！」

維若妮卡・馬賽諾擁有藝術史相關學位，以及多年在奧賽美術館的工作經驗，她的文字時而莊重，時而詼諧生動，但總是充滿柔情，引導讀者向世界拋出一個個問題、喚醒記憶中被遺忘的存在，使人獲得啟發並戰勝痛苦，抑或單純只是感受閱讀之喜。馬賽諾同時也是一位繪者，並熱切地投入郵寄藝術及旅遊插畫筆記的研究、推廣，曾構思多個相關特展。她的第一部著作是一本書信體的小說：《致一位消失的女性》（1998，阿歇特青少出版社），隨後尚有諸多作品問世，如：《平分一顆蘋果》（2008，芥子園出版社）、《大浪》（2010，綠艾倫出版社）等。

克蕾夢絲・波列畢業於巴黎艾提安插畫學校和史特拉斯堡裝飾藝術學校，很快便受到業界矚目。她曾入選多項大獎，包含2006年未來人物及國際夏爾佩羅學會主辦的國際比賽，及2007年的波隆那插畫獎。
由她負責插畫的繪本《飄散的髮》（2009，盧艾格出版社），獲得蒙特羅兒童書展大獎的殊榮，並於2010年及2015年，分別至特魯瓦和圖爾參與駐村創作計畫。2015年，她的作品《木蘭辭》（鴻飛文化出版）獲得「陳伯吹國際兒童文學獎」的年度圖書（繪本）獎的肯定。在工作之餘，她仍繼續在插畫領域深造，尤其是透過凹版印刷和版畫等不同技巧來創作，其努力備受肯定。

王卉文畢業於淡江大學法文系，目前任職於信鴿法國書店，負責行銷及翻譯相關工作。對童書繪本懷抱強烈的熱情，除了透過網路與國外專業人士交流，目前也在各地演講、朗誦故事，與臺灣大大小小的讀者分享法文繪本的美好。
2016年由信鴿法國書店申請法國政府補助，代表前往巴黎接受兒童文學出版品相關課程，期待為引進更多優質的繪本作品盡一份心力。2017年完成圖爾大學遠距兒童繪本評鑑課程。譯有《我的星星在哪裡》（青林）、《摸摸看！我的超大啟萌書》（三民）。

© 很久很久以前……大家來過河

文　　字	維若妮卡‧馬賽諾
繪　　圖	克蕾夢絲‧波列
譯　　者	王卉文
責任編輯	徐子茹
美術設計	林易儒
版權經理	黃瓊蕙

發 行 人	劉振強
發 行 所	三民書局股份有限公司
	地址　臺北市復興北路386號
	電話　(02)25006600
	郵撥帳號　0009998-5
門 市 部	(復北店)臺北市復興北路386號
	(重南店)臺北市重慶南路一段61號

出版日期	初版一刷　2018年1月
編　　號	S 858351

行政院新聞局登記證局版臺業字第○二○○號

有著作權‧不准侵害

ISBN　978-957-14-6366-7　(精裝)

http://www.sanmin.com.tw　三民網路書店
※本書如有缺頁、破損或裝訂錯誤，請寄回本公司更換。